Une rencontre
pas si simple

Une rencontre pas si simple

Antoine LE QUÉAU

Pour un moment d'évasion.

Une rencontre dans la pénombre

La situation peut paraitre cocasse mais elle arrive plus souvent que d'habitude et vous le savez. Vous ne le dites pas ou ne l'acceptez pas.

Tous commencent un jour comme les autres, la routine de tous les jours, métro, boulot, dodo comme dit l'adage. Le plus souvent les rencontres se font lors de soirées entre amis ou alors dans les bars si vous sortez régulièrement. Un soir vous remarquez une personne dans un coin qui ne vous laisse pas indifférent, mais vous n'osez pas aller vers lui. Il vous intimide.

Il est châtain claire enfin, c'est ce que vous pensez avec la lumière des spots qui ne vous permettent pas de distinguer sa couleur de cheveux ostensiblement. Ces traits sont fin et doux. Il porte une barbe, taillée de près, elle n'excède pas les 2/3 jours. Elle est fournie et épaisse. Il est doit mesurer 1 mètre 90. Il a un physique de sportif. Vous distinguez avec précision ces pectoraux volumineux mais pas trop. Ces biceps sont saillants dans son haut moulant, qui laisse distinguer une taille fine avec des abdominaux développés.

Sans le savoir il vous a aussi remarqué et il vous observe sans dire un mot, sans se manifester. La soirée continue sur sa lancée, la musique est agréable, l'alcool coule à flot. Vos barrières cèdent lentement avec le temps mais surtout avec l'alcool qui vous désinhibe progressivement.

Vous vous faites remarquer de plus en plus avec l'heure qui défile. Il s'approche de vous tout en gardant ses distances de peur de vous faire fuir. Vous ne vous en rendez pas compte pris par l'euphorie de l'instant qui vous est agréable. Il continu son approche mais sans que vous ne le remarquiez, pour finir son chemin à votre droite se déhanchant sur le rythme de la musique. Vous prenez conscience de la situation un peu trop tard pour fuir, il est devant vous. Il vous observe de plus près pour finir son analyse rapide et succincte à travers votre regard. Vous tombez instantanément sous son charme. Son regard est d'un vert profond, vous vous rendez compte que votre observation précédente s'avérait inférieur à la réalité. Vous vous dites qu'il est beaucoup mieux de près. Il prend les devants et se rapproche de vous pour danser un peu plus proche que la distance conventionnelle étiquetée par la société d'aujourd'hui. Vous arrivez même à sentir son odeur, son parfum, à ressentir la chaleur qui se dégage de lui. Habituellement cela vous aurait fait peur mais vous vous sentez bien, en sécurité, bizarrement, en présence d'un parfait inconnu.

Le rapprochement se fait de plus en plus au décours de la soirée. Il devient entreprenant. Il se colle à vous. Il met sa main sur vos reins, glisse sa tête à côté de la vôtre. Vous ressentez sa chaleur, ces battements de coeur raisonne dans votre thorax. Il a un rythme cardiaque élevé, serait-il lui aussi stressé? Intimidé? Anxieux? Tout comme vous. Vous ne savez pas comment réagir, devez-vous le repousser du faite de sa prise d'initiative? Ou bien le laisser continuer afin de savoir où tout cela vas vous menez ? Un choix cornélien!

Le choix d'une vie

?

Que faire ? Quels choix prendre? Serait-il judicieux de se perdre dans les bras de ce parfait inconnu? Ces questions ont filées rapidement dans mon esprit.

Je décide de me perdre dans ces bras, de suivre cet inconnu. Advienne que pourra comme on dit.

Il me susurre dans le creux de l'oreille de le suivre, pour faire plus ample connaissance. Sa voix est suave, douce et chaleureuse. Il installe sa main sur mes hanches pour que l'on s'extirpe de cette foule. Il me guide avec juste une légère pression de sa main. Je me laisse diriger, je me perd en sa présence. On se faufile difficilement avec toutes ces personnes qui danses pour enfin atteindre la sortie.

Nous nous dirigeons tous les deux hors de cette salle afin de discuter plus franchement à l'extérieur.

Nous arrivons sur une terrasse où le musique est moins forte qu'à l'intérieur, la lumière est plus naturelle. Je peux enfin le découvrir totalement. Il n'est pas plus différent que ce que j'avais pu remarquer dans la pièce précédente. Il me demande si je désire boire quelque chose, je lui confirme que oui mais sans alcool me ferais du bien. Il se dirige vers le bar d'extérieur pour commander nos boissons. Je l'observe de loins. Il semble parfait. Il me correspond physiquement. Je me tourne et regarde au loins pour me perdre dans mes pensées, ceci n'est pas réel, je dois rêver. Comment se fait-il qu'une personne comme lui s'intéresse à moi?

Je suis sortie de mes pensées par son retour et sa main sur mes reins. Je le remercie pour la boisson. Nous voila tous les deux à nous observer l'espace d'un instant les yeux dans les yeux. Il remarqua mon appréhension à travers mon regard. Il entama la discussion. Nous parlons pendant de nombreuses heures de tous et de rien, jusqu'à se rendre compte que le jours se lève. Nous observons le lever de soleil depuis la terrasse du bar en silence.

Il est 7h00. La direction du bar nous invite tous à quitter l'établissement, ils vont fermer. Nous nous dirigeons vers la sortie. Arrivés devant l'entrée du bar nous nous regardons tous les deux sans rien dire l'espace de quelques secondes, comme si nous attendions que l'un de nous propose à l'autre de finir la soirée chez l'un ou l'autre. Il prit la parole, me dit qu'il a passé une merveilleuse soirée, me propose que nous échangions nos numéros afin de nous revoir. Je m'exécute. Nous nous disons au revoir. Il part de son coté et moi du miens. Quelques mètres plus loins je m'arrête et me retourne pour le regarder une dernière fois. Je me rend compte que lui aussi a fait de même. Je me retourne rapidement et reprend mon chemin avec le sourire aux lèvres et un petit rire extériorisé.

J'arrive chez moi et me jette dans mon lit sans prendre le temps de me laver. Je suis exténué par cette longue soirée mais heureux de l'avoir rencontré. Je m'endors tout juste quand tout à coup je reçois un message de sa part me remerciant pour cette soirée et me disant qu'il a hâte que l'on se revoit. Je lui envois un message après avoir réfléchis à la formulation pour ne pas paraître trop hystérique puis m'endors.

Rendez-vous à 13h00

Cela fait déjà 1 semaine et demi que l'on s'est rencontré, nous échangeons par message et quelques fois nous nous appelons. Mais nous n'avons toujours pas fixé de date pour se rencontrer. Hier j'ai pris les devant et lui ai envoyé un message lui proposant d'aller manger dans un café terrasse au bord du fleuve de la ville. Je n'ai pas eu de réponse de suite mais plus tard dans l'après midi me confirmant l'heure et le lieu.

Il est 11 heure, je décide de choisir ma tenue pour ce rendez-vous. La tache n'est pas simple, il ne faut pas trop en faire pour ne pas renvoyer l'image de quelqu'un qui met toutes ses chances dans l'apparence et ne pas être non plus négligé. Horrible, je n'en peux plus. Ma chambre ne ressemble plus à une chambre, touts mes vêtements sont sur mon lit empiler et froisser les uns les autres. Je ne sais pas comment m'habiller. Il me plait énormément, je ne veux pas le décevoir. Je veux qu'il reste bouche bée en me voyant. Le temps continu à filer, j'ai rendez vous à 13 heure, il est presque midi, je dois me décider. Je décide d'être simple pour ce premier rendez vous, un jeans slim bleu marine, un haut avec des nuances de gris, des bottines camelle et un duffel-coat camelle. Je fini par un tour dans la salle de bain pour vérifier mon visage et ma coiffure. Vérification faite, je peux enfin partir.

Il est l'heure, je l'attend devant le café. J'ai fait des efforts vestimentaires sans m'habiller sur mon 31 mais quand même. Je veux faire bonne impression encore une fois. J'observe chaque coin de rue attendant son arrivé, mon coeur bat de plus en plus vite à chaque minutes qui passent. Je décide d'entrée dans le café et de l'attendre en terrasse. Le temps se fait long, il est 13h15. Ce sont les 15 minutes de courtoisie donc je ne m'inquiète pas.

Il est 13h30, toujours aucun signe de sa part. Je n'ai reçu aucuns messages de lui. Lui est-il arrivé quelque chose? A-t-il été retenu par son travail ? Il fait quoi déjà comme travail ? Nous n'avions même pas parlé de nos travail respectif lors de notre rencontre.

14h00, toujours aucunes nouvelles de lui, le serveur est déjà venu me voir à de nombreuses reprises pour savoir si je comptais me restaurer ou si je partais. Je lui expliquais que mon ami allait arrivé.

14h30, je décide de partir. 1h30 que j'attend pour rien, aucune nouvelle depuis la veille. J'ai choisi de ne pas le harceler de message durant mon attente pour ne pas paraitre une personne étouffante. Lors de mon départ du café je lui envoie un message :

« Merci pour ta ponctualité, j'ai passé un très bon moment seul en terrasse. A bientôt »

Je n'ai eu qu'une réponse de ce dernier seulement en fin de journée où j'ai eu le droit à :

« Désolé, j'ai été retenu par mon travail, je me rattraperais la prochaine fois c'est promis ».

J'accepte son excuse, mais je ne fixe pas d'autre rendez-vous C'est à lui de se racheter et de me le proposer.

Les jours passent et je n'ai pas plus de nouvelle de sa part, j'en ai seulement 3 jours plus tard où il m'informe que son travail lui a pris beaucoup de temps. Il est disponible tous le week end, si je le suis nous pourrions aller manger ensemble samedi midi afin de se faire pardonner. Bonne personne que je suis, j'accepte et lui demande où et à quelle heure il désire que nous nous voyons. Il me donne une adresse et me donne rendez-vous à 13h00.

Nous voila samedi 12h00, je stresse comme la dernière fois mais je ne mets pas autant de temps pour trouver une tenue et je file au point de rendez-vous.

12h57, j'arrive au restaurant qu'il m'avait indiqué. Je le découvre sous le porche du restaurant, il ne me voit pas arrivé, il est de dos. Je me dirige vers lui. Je ressens un sourire se dessiner sur mon visage lorsque je me rapproche de lui, je n'arrive pas à le contrôler. Je ressent mon coeur s'accélérer en même temps que je me rapproche de lui, j'ai des bouffées de chaleur. Je me regarde brièvement au travers d'une vitrine, je n'ai pas les joues rouge mais j'ai très chaud. Je n'arrive pas à me calmer. Plus que quelques mètres, avant de le retrouver. Lorsqu'il ne resta plus que 2 mètres environ, il se retourna. Il sourit en me voyant arriver. Sans comprendre pourquoi ni comment mon pas s'accéléra au même moment, comme si mon corps voulait le rejoindre à tous prix. Nous voila l'un en face de l'autre, il commença par s'excuser du lapin monumental qu'il m'avait posé la fois dernière puis m'invita à entrer dans le restaurant. Le serveur nous installe a une table qui a vue sur la baie du port. Elle est légèrement isolé du reste du restaurant comme s'il l'avait demandé avant que nous arrivions. Tout semblait être planifié dans le but de se faire pardonner de son absence.

Nous nous dirigeons vers la table, il me précède et suit le serveur. Un élan de galanterie de sa part lorsque je m'installe à la table puis il s'assoie en face de moi. Je ne sais pas quoi lui dire, il le remarque. Il ne me laisse pas le temps de trouver un sujet de discussion. Il intervient de lui même en s'excusant de son comportement, de son absence et de sa distance ces derniers jours. Il m'explique que son travail lui prend énormément de temps, qu'il ne peut pas toujours répondre dans l'instant même, mais plutôt quelques minutes voire heures en fonction des situations qu'il rencontre. Il m'explique tous cela mais sans me dire exactement ce qu'il fait dans la vie. J'imagine qu'il doit avoir un poste à responsabilité, très haut placé. Mais lequel ?

Je lui demande ce qu'il fait dans la vie car je n'ai pas l'impression que cette réponse viendra de lui même au vue de ses dires qui restent vagues et généraux. Il mets quelques secondes avant de répondre, comme s'il en avait honte ou peur de ma réaction. « Je travaille dans le médical ». Il ne m'en dis pas plus. Je suis surpris, je pensais qu'il allait me dire sa fonction. Lui même ne sait pas dans quoi je travaille, il ne me l'a pas demandé. J'insiste un peu plus car ça réponse veut tout et rien dire, plus vague tu meurs. « C'est à dire ? ». Je remarque que son visage se crispe comme s'il espérait que je ne lui pose pas cette question. Il bu une grande gorgé d'eau et m'annonça « Je suis médecins réanimateur ». Il ne me vie pas réagir, cela avait l'air de le surprendre. Comme si par le passé, lorsqu'il l'avait annoncé à ces différents interlocuteurs, ils étaient partis en courant ou avaient réagi d'une autre manière que la mienne. Il me demanda « Ça ne te fais pas peur ? ». Je lui répons que non, que s'il m'avait demandé lui aussi quel était mon métier il l'aurait compris. Au moment où il allait me poser la question le serveur arriva et le coupa dans son élan. « Vous avez choisis ? », je fais un signe de tête pour dire que oui mais lui semblait hésiter entre deux plats. Je lui lança « Il faut prendre des risques dans la vie ». Il me regarda surpris comme sortie de ces pensées, il sourit puis dit son choix au serveur. Je dis le mien et il reparti en direction des cuisines.

Je le regardais lui qui était perplexe et réflexif à ma révélation. Il devait chercher quel était mon métier mais il n'arrivait pas à trouver. Il me le demanda mais je ne lui répondis pas. Je lui explique qu'il le saura bien assez tôt.

Notre repas ce passe correctement, nous changeons de sujet pour parler de tout et de rien. Les plats arrivent. Nous savourons nos plats. Je remarque qu'il n'a pas l'air d'apprécier. Il m'explique qu'effectivement il avait pris des risques mais que son choix était pas du tous à la hauteur de ces attentes et ne finis pas son plat. Nous rions tous les deux de cette situation cocasse pour choisir par la suite les desserts. La fin du repas se déroula parfaitement. Viens le moment de l'addition. Le serveur nous apporte la note, je n'ai pas le temps de sortir mon moyen de paiement qu'il le suit déjà pour régler la note. Je souris sans m'en rendre compte, je le remarque dans mon reflet à travers la vitre à ma gauche.

Il revient, je lui dis merci mais qu'il n'était pas obligé. J'enchaine en lui disant que je paierais la prochaine fois. Il me regarde en souriant et m'annonce « Ha, il y aura une prochaine fois ? ». Je souris et sens mes joues toutes chaudes, je rougissais, pourquoi? Je ne m'attendais pas à ce genre de réponse.

Nous sortons tous les deux du restaurant. Il est 15h00. Il m'annonce qu'il ne peut pas rester avec moi pour le reste de l'après midi, me dit qu'il m'appellera ce soir. Il me dit au revoir comme à un ami et part. Je me sens démuni, je ne m'attendais pas à cette fin de repas, j'aurais voulu aller me balader avec lui et continuer dans la soirée. Je me suis senti seul d'un coup. Je repris mes esprits, avant qu'il ne soit trop loins je l'appelle « Bruno attend!! ». Il se retourne surpris de me voir arriver en courant vers lui. Il attend que j'arrive à sa hauteur et alla dire quelque chose mais je l'en empêcha en l'embrassant. Je n'en pouvais plus, je voulais l'embrasser depuis le début du restaurant. Par la suite il me regarde surpris, il ne s'y attendait pas. Il me rendit mon baiser. La Terre s'arrêta, j'ai eu la sensation qu'il n'y avait plus un bruit au tour de nous. Le monde c'est figé. Nous nous regardons les yeux dans les yeux un moment, avec le sourire aux lèvres, mais pour tous les deux ce baiser était sincère. Nous le savions.

Que fais-tu dans la vie ?

Apres le restaurant, nous nous sommes revu à de nombreuses reprises, nous avons passé beaucoup de temps ensemble. Des restaurants, des sorties, des balades. Mais je ne voulais toujours pas lui dire ce que je faisais dans la vie. Il ne trouve toujours pas après quelques semaines, j'adore le faire languir, il s'arrache les cheveux. Il me pose pleins de questions mais je réponds systématiquement par la négative. Il l'avait trouvé mais je ne pouvais pas lui dire, j'adore le voir chercher, cela me fait sourire.

Il ne va pas tarder à le découvrir de toute façon. Avec les recherches que j'ai faites, nous allons nous rencontrer très prochainement que je le veuille ou non.

« Zone 3 »

Lundi matin, comme tous les matins, je me prépare pour aller au travail. Je sais pertinemment qu'aujourd'hui je vais voir Bruno, mais lui ne le sais pas encore. Ce matin, je lui envoie un message comme tous les matins pour savoir comment il va, ce qu'il a prévu pour la journée, savoir si nous allons nous voir ce soir ou non. Il me répond que tout va bien mais qu'il doit finir, si tout va bien, vers 18h00 mais cela dépendra du service. Il m'informera de l'avancée du service en milieu d'après midi. Tout en discutant avec lui je continu à me préparer pour ne pas arriver en retard à mon premier jours de travail. Je commence un nouveau poste aujourd'hui, je suis un peu stressé, mais bon je fais avec. Petit déjeuner fini, tenu prête à être mise, douche faite, ravalement de façade fait. Aller direction mon nouveau travail.

J'habite une ville qui est très bien desservie par les transport en commun, de ce fait j'emprunte le métro pour chacun de mes déplacements. Pour me rendre au travail, je dois prendre 2 lignes de métro différente, je mets 25 minutes quand mes correspondances s'enchainent correctement. Pour une fois aujourd'hui tous s'est bien déroulé, j'arrive même avec 20 minutes d'avances cela me permettra de trouver mon interlocuteur avec qui j'ai rendez-vous avant de commencer. Ainsi, je prend le temps d'observer la structure dans laquelle je vais travailler mais aussi les locaux intérieurs. Je demande à une hôtesse mon chemin pour ne pas perdre plus de temps que cela. Elle me dirige en me donnant le nom de personnalité que j'avais étudié à l'école mais qui sont tous morts. Après une liste exhaustive de nom et de direction je me lance dans ce dédale de couloir et salle qui se ressemble pratiquement toutes. J'arrive enfin devant une porte avec le nom de la personne avec qui j'ai rendez-vous et sa fonction. J'ai rendez-vous avec le chargé des ressources humaines. Je toc à la porte. Il me dit d'entrée. J'entre dans le bureau, je me présente auprès de lui. Nous entamons la discussion, je lui fournis les documents qu'il m'avait demandé d'apporter. Nous réglons par la suite toutes les formalités administratives. Il prends son téléphone et appel quelqu'un pour le prévenir de mon arrivé d'ici quelque minutes pour conclure les formalités. Il me demande de le suivre, je m'exécute. Nous empruntons les couloirs longs et sinueux de la structures sans savoir où je vais et dans quel but. Il s'avère que ce n'est que la lingerie de l'établissement. Il m'emmena la bas afin de prendre mes mesures pour avoir une tenu de travail. Cet entretien pris fin. Le responsable des ressources humaines m'accompagna au près de mon futur collègue de travail qui m'attendait. Nous continuons a nous déplacer dans tous ce dédales de couloir et de virage à n'en plus finir. Je n'arrive même plus à savoir d'où je suis arrivé. Je réalise que je suis dans un vrai labyrinthe, que les jours à venir vont être compliquer pour que je me repère. Je n'ai pas fixé mon fil d'Ariane en arrivant. Nous voila arrivé devant le bureau de mon futur partenaire de travail. Nous entrons. Il nous attendait. Je me présente à lui, lui explique mon parcours professionnels et lui le sien.

Il m'explique qu'aujourd'hui et durant une semaine que je serais là en observation afin de comprendre le fonctionnement de la structure. Après ces courtes explications, il me fait comprendre que nous sommes légèrement en retard au vue de son planning journalier. Je le suis dans le couloir pour nous diriger dans la fourmilière comme il l'appelle. Je passe une porte électrique indiquant « Zone 1 », qu'il a ouvert avec son badge. Le mien est en cours de fabrication, il sera normalement prêt en début d'après midi. Me voilà effectivement dans une vrai fourmilière, je constate que chaque personnes s'agitent dans tous les sens mais de manière organisé. Je faillis heurter quelqu'un en observant toute la pièce. Mon partenaire de travail demande à tout le monde de se réunir autour de ce qui ressemble à une table encombré de classeurs, de papiers en présence d'ordinateurs et d'imprimantes. Tous les yeux sont rivés sur moi, je n'aime pas être observé, être au coeur de l'attention, je me sens mal à l'aise. Je remarque que tout le monde n'a pas pu se libérer car le travail doit continuer en arrière. J'aurais l'occasion de me présenter à eux durant la journée. Nous répétons cette présentation dans la « Zone 2 » pour finir dans la « Zone 3 ». Dans la « Zone 3 », tout le personnel avait pu se libérer. C'est à ce moment là qu'il m'a vu.

Que fais-tu ici ?

Nous retournons dans le bureau de mon partenaire de travail pour m'expliquer plus en détail et plus au calme les missions que nous devons réaliser ainsi que les différents logiciels utilisés dans l'institution. Me voilà prêt à travailler. Par chance, la plupart des logiciels que je vais utiliser me sont familier, voir même je les connais par coeur. Merci à ma curiosité et mon adaptabilité développer par le passé et mes différents postes. Je ne serais pas un si gros boulet pour mon collègue.

L'heure du déjeuner arrive. Je le ressens car depuis 30 minutes mon confrère ne me parle que de nourriture et de ce que le self va nous proposer aujourd'hui. Nous nous dirigeons vers le self en passant par la fourmilière pour qu'il récupère des collègues à lui pour que nous mangions tous ensemble. Il avertit ses collègues et au même moment je sens une main sur mon épaule. Je me retourne. Je suis nez à nez avec ... Bruno. Il me regarde avec une exophtalmie importante. Je constate sur son visage une stupeur comme je n'en avais jamais vu. Il me demande ce que je fais là. Je lui explique que je suis ici pour mon nouveau travail et que nous allons nous voir très régulièrement. Je suis le nouveau cadre de santé du service de réanimation dans lequel il travaille. Je remarque un sourire léger sur son visage mais aussi de l'inquiétude dans ces traits. Il me prend en aparté et m'explique que peu de personne dans le service sont au courant de sa situation personnelle. Seul ces amis et collègues proches le sont. Je le rassure en voulant lui poser la main sur l'épaule mais d'un regard il me fait comprendre que cela serait une mauvaise idée. Je m'arrête. Je lui explique donc verbalement que je n'ai pas pris ce poste en sachant qu'il était ici car je n'en savais rien, que cela était en route depuis avant notre rencontre. Je m'efforce de lui expliquer qu'il n'a rien à craindre et qu'ici c'est le travail, que je respecterais son statut et sa situation professionnelle dans le service. Je sais faire la part des choses. Je ne veux pas non plus que le personnel pense que je suis ici grâce à lui et non grâce à mes compétences.

Nous nous faisons sortir de notre discussion par les autres professionnels qui nous font signe de les rejoindre pour que nous puissions aller manger.

Je crevais d'envies

Ma journée de travail se fini enfin. Elle a été pleine d'informations vis à vis du fonctionnement de l'institution mais aussi du service. L'organisation, le fonctionnement, les différents interlocuteurs avec qui je vais travailler tant de chose que je dois assimiler rapidement pour ne pas être perdu et faire perdre du temps au service. Je me dois d'être compétent, réactif et productif. Je quitte mon nouveau bureau en laissant ma blouse sur mon fauteuil pour me diriger dans le couloir qui longue le service de réanimation. A ce moment là, je croise Bruno qui est lui aussi en civil et prêt à partir. Je m'arrête un instant, lui aussi puis je reprends ma route en sa direction. Quoi? Il est sur mon chemin, je ne vais quand même pas changer de chemin pour l'éviter au travail. Déjà que je suis à moitié perdu dans tous ce dédale de couloir, je me souviens, par chance, du chemin pour sortir du service, je ne vais quand même pas me perdre à la fin de ma journée. J'arrive à sa hauteur, il m'attend. Je ne m'en étais pas rendu compte perdu dans mes pensées. Il se poste devant moi en me bloquant le passage. Je m'arrête. Il m'attrape par le bras pour me faire entrer dans un bureau. Il ferme discrètement la porte, puis se jette sur moi. Il m'embrasse langoureusement et sensuellement en me plaquant contre le mur de la pièce. Je me laisse faire sans savoir pourquoi. Je sens sa chaleur contre moi, je me sens bien, ces bras musclés m'encerclent, me contraignent mais tendrement. Il recule, me dit qu'il voulait faire ça depuis qu'il m'avait vu ce matin dans ma tenu de travail. Puis à chaque instant où il m'avait aperçu dans le service toute la journée. « Je crevais d'envie de venir te voir dans ton bureau » mais il avait peur de ne pas réussir à se contenir en présence de mon collègue. C'est pour cela qu'il m'avait évité toute la journée. Une fois nos esprits retrouvé, il me propose d'aller dîner ensemble ce soir, pour remplacer le futur appel ou conversation par message que nous aurions eu. J'accepte. Il me demande où je désir aller manger. Je ne sais pas à vrai dire. Je compris assez rapidement dans son regard qu'il ne voulait pas aller manger en extérieur mais qu'il attendait que je lui propose de venir chez lui ou lui chez moi. Je réfléchis un instant et lui dis que je ne veux pas sortir dans un lieu où il y a du monde, que ma journée fut éprouvante, que je voudrais bien entre au calme. Il sourit. Une lueur dans son regard me fit comprendre qu'il était content en plus de la bosse dans son pantalon. Il pris les devant et me dit « 19h30 chez moi? ». Je restais bouche bée. Je ne m'attendais pas à ce qu'il me le propose directement. J'accepta. Nous sortons du bureau discrètement afin que peu de personne nous remarque. Nous sommes sorti du service ensemble, comme deux collègues de travail et rien de plus malgré le désir palpable.

Soit tu as demandé au RH mon adresse, soit je te l'envoie ?

J'ai fais le plus vite possible pour rentrer chez moi après sa proposition. Je trouvais même que les transports en commun étaient beaucoup trop lent ce soir. J'ai gravi les étages de mon immeuble pour arriver encore plus vite. Je jette mes affaires dans mon entrée, je me dirige vers la salle de bain tout en me déshabillant. Je ne dois pas perdre une seule seconde à partir de maintenant. Je sais que je vais choisir avec précision ma tenu et me pomponné comme il se doit. Mon couloir d'appartement est jonché de mes affaires, je manque de tombé à deux reprises dans la précipitation. Je me douche à une vitesse folle. Je me retrouve devant mon dressing avec ma serviette à la taille. Je fixe avec insistance mon placard comme si LA tenue aller me sauter dessus. Je visualise tel haut avec tel pantalon. Non je ne peux pas lui est au salle. Lui n'est pas assez bien, lui peut être ? Nan je le mets tout le temps. Je réfléchis comme cela pendant 20 minutes. Je m'agace devant mon placard inerte. J'ai une révélation. Je sais que j'ai acheté une tenu que je n'ai toujours pas mise, elle est simple, pas trop habillé mais quand même.

Ma tenue est choisis, il ne me manque plus que la coiffure. Je regarde ma montre. « Quoi déjà 18h50 !!! » il ne me reste plus que 10 minutes pour finir de me préparer !!! Je fais au plus vite. Je réalise à l'instant que Bruno ne m'avait pas communiqué son adresse. Je lui envoie tout de suite un message. Au même moment il m'envoie un message. « Soit tu as demandé au RH mon adresse, soit je te l'envoie ? » Je souris bêtement en lisant son message, je lui demande de me la communiquer « Je veux bien effectivement, je lui ai demandé mais il n'a pas voulu :) ». Enfin je fini de me pomponner, à la réflection c'est plus un camouflage de la fatigue qu'un pomponnage. Je regarde le temps de trajet pour me rendre chez lui, je découvre que nous somme pratiquement voisin. Il n'habite qu'à seulement 15 minutes à pied de chez moi ou 10 minutes en métro. Je suis large. J'ai le temps d'aller faire un bowling avant d'y aller. Avec toutes ces bêtises je constate qu'il est déjà 19h10. Bon bah le bowling ce sera pour une autre fois, j'arrête mes conneries et je me mets en route.

« Entrons pour que tu puisses m'observer »

Me voila devant son immeuble. J'angoisse encore, pourquoi ? Durant le chemin Bruno m'a envoyé son numéro d'appartement, le numéro du digicode. Je suis devant la porte de son bâtiment, j'entre le numéro du digicode mais rien ne se passe, je réessaye une seconde puis une troisième fois mais toujours rien. Je suis comme un imbécile devant la porte à regarder mon téléphone et refaire et refaire le code mais rien ne se passe. Apres 5 minutes de tentative et aucune personne venant à mon aide où du moins voulant entrer dans le bâtiment, j'envoie un message à Bruno « Je suis en bas mais ton immeuble ne veut pas me lasser entrer. Le mots de passe que je lui donne n'est pas bon ». Quelques secondes plus tard il me répond « C'est vrai le code a changé récemment mais je ne retrouve

pas le nouveau code, attend j'arrive ».
Comme si j'allais partir en courant à
cause d'une porte fermée. Je veux te voir
donc je vais rester crois moi mon coco.
Je le vois arriver au fond du couloir avec
un sourire aux lèvres. Il porte un jean
foncé moulant, un polo blanc très très
cintré et une paire de mocassin bleu roi.
Cette tenue met en valeur une fois de
plus ces atouts comme s'il voulait que je
le remarque ou que je fasse quelque
chose de particulier. Le voilà devant la
première porte, il l'ouvre. Mon coeur
s'accélère, qu'est ce que je vais lui dire
quand il ouvrira la dernière porte ? Il
s'avance devant la seconde, l'ouvre.
Nous voilà nez à nez. Il s'approche de
moi avec son regard charmeur. Il
m'embrasse langoureusement. « C'est
pire qu'une banque chez toi! » Sont les

seuls mots qui sont sorti de ma bouche après son merveilleux baiser puis un rire partagé. Il me fait entrer, nous attendons maintenant l'ascenseur. Nous discutons brièvement en l'attendant, les portes s'ouvrirent, nous nous engouffrons dans l'ascenseur. Les portes se referment, d'un coup Bruno me saute dessus en m'embrassant beaucoup plus passionnément que devant son immeuble. Il fait courir ses doigts et ses mains sur tout mon corps, je ressens toute sa chaleur et sa passion dans son étreinte. Je me sens bouillir de l'intérieur, je ne veux pas que l'ascenseur s'arrête, je veux continuer cette ascension avec lui. Nous arrivons au 6 ème et dernier étage de l'immeuble, l'ascension fut tellement rapide que je suis frustré qu'elle soit fini. Sur son palier il n'y a que deux portes. Je le laisse passer devant moi, cela me permet de le regarder encore un peu plus sans qu'il ne s'en doute. Je l'observe tout en allant à sa porte, il a des trapèzes et des épaules très développés, je descends mon regard sur son dos sur lequel je peux distinguer tous ses muscles contractés, puis mon regard tombe inéluctablement sur son fessiers mis en avant par le pantalon qu'il porte, elles sont elles aussi musclées mais également galbées. Je suis sorti de mon analyse au moment où il se retourne vers moi pour vérifier que je le suit bien. Je relève mon regard que je porte à son visage mais je constate qu'il avait remarqué que je l'observais avec la présence d'un sourire sur son visage.

« Entrons pour que tu puisses m'observer sous une meilleur lumière et pourquoi pas avec moins de tissus »

« *Je sentais si mauvais …* »

Je franchis le pas de la porte pour atterrir dans un appartement somptueux. J'arrive dans une entrée ouverte sur son salon-cuisine qui doit mesurer environ 55 mètres carrés, dans le fond de la pièce je remarque une terrasse avec un parasol ouvert. La pièce est décorée avec goût, elle se découpe en 3 parties : a droite la cuisine, au centre la salle à manger et à gauche le salon.

La cuisine est de couleur grise anthracite avec un plan de travail noir. Je peux observer quelques accessoires de cuisine posés sur le plan de travail (machine à café, robot ménager, mixeur). A quelques mètres de la cuisine il y a un îlot central avec les mêmes couleurs, sur lequel est posé un livre de cuisine et une corbeille de fruit. Sur le côté commun avec la salle de séjour se trouve une partie bar attaché à l'îlot central permettant aux invités mais aussi à son propriétaire de manger.

Au centre de la pièce se trouve la salle à manger, elle est reconnaissable avec sa table qui peut contenir 10 convives. Elle est composée de bois et de résine transparente, elle n'est pas épaisse mais semble très robuste au vu du matériel utilisé. Elle se termine par des pieds en fonte imposants mais sobres. La salle à manger est rangée comme si je regardais un magazine de décoration. Les chaises sont rangée au-tour de la table, au milieu il y a un grand photophore qui est centré parfaitement avec un lustre industriel. Il se compose de 6 suspensions en fonte habillées d'ampoules rétro à filament.

L'espace séjour est quand à lui spacieux. Je remarque un canapé d'angle faisant dos à la table à manger mais face à une baie vitrée donnant un aspect de profondeur à la pièce. Les tons sont eux aussi gris comme la cuisine. Il y a quelques petits meubles disposés dans cette espace permettant l'installation de décoration (lampe d'appoint, cadre photo et quelques orchidées). Je remarque que dans les cadres photos ne se trouvent aucun visage mais que des paysages, également sur ceux disposés aux murs de la pièce.

Je distingue que derrière la porte vitrée se trouve un balcon. Je le suis du regard, je fais de ce fait tous le tour de la pièce en le suivant. Le balcon rejoint une terrasse dans le prolongement du séjour avec son parasol.

Bruno me sort de ma contemplation en posant sa main sur mon épaule et « Ferme la bouche, tu vas te luxer la mâchoire ». Je repris connaissance après ces mots. Je n'en revenais pas, son appartement est magnifique. Je pense que ce n'est qu'un partie car je remarque une porte dans le fond de la pièce mais elle est fermée.

Il m'invite à m'installer sur le canapé et au même moment il se dirige vers la cuisine. Je m'exécute en ne sachant pas comment m'installer, dois-je aller le rejoindre en cuisine pour ne pas le laisser seul? Je me lève et le rejoint à la cuisine, je n'aime pas attendre à ne rien faire, ça me fait trop réfléchir. Il me voit me lever et me diriger vers lui en cuisine mais il fait demi tour pour me rejoindre dans le séjour. Je n'ai plus qu'à faire machine arrière et à m'asseoir dans le canapé. Il me demande ce que je désir à boire. Poliment je lui demande ce qu'il a à me proposer. « Dis moi ce que tu veux et tu verras bien ma réponse ». J'avais bien une réponse à lui dire mais il est trop tôt …

« As-tu du vin ? »

« Blanc, Rouge, Rosé, Champagne ? »

« Blanc »

« Je n'ai que du Chablis »

« Parfait! »

Il retourne à la cuisine, se baisse derrière son îlot central, pose une bouteille de vin qu'il débouche aussi tôt. Il sert 2 verres dans de somptueux verres à vin d'au moins 50cl. Il revient s'installer au-près de moi mais trébuche sur quelque chose et renverse les deux verres sur moi. Je suis trempé de la tête au pied. Je ne bouge plus comme un lapin devant les phares d'une voiture, lui me regarde également avec un visage inquiet.

« Ça va ? »

Je lui réponds avec un sourire « Je sentais si mauvais que cela pour que tu me baptises au vin blanc ? ». Nous avons tous les deux eu un fou rire. Il revient avec un torchon et des serviettes pour que je puisse m'essuyer. Me voyant en difficulté avec tous mes vêtements imbibé de vin blanc, il me propose d'aller me changer et de me prêter des vêtements à lui. Nous n'avons pas la même carrure, ses vêtements ne vont pas m'aller. Il revient avec le nécessaire pour me changer. Il me propose d'aller dans la salle de bain mais au même moment j'avais déjà retiré le haut de mes vêtements. Il ne s'attendait pas à ça au vu des gros yeux qu'il a fait. Il rougit. Je souris. Je tends le bras pour qu'il puisse me donner un haut sec. Il mit quelques secondes pour sortir de sa contemplation comme s'il ne s'attendait pas à voir mon corps dénudé dans son séjour. Il me donne le haut, je le récupère mais il le retient. J'insiste légèrement mais au même moment il tire d'un coup sec. Je me retrouve dans ces bras torse nue. Nous nous regardons les yeux dans les yeux quelques instants puis nous nous embrassons.

« *Qu'est ce que tu veux ?* »

Je recherche mes vêtements éparpillés dans le séjours après qu'il m'ait sauté dessus. Je retrouve mon haut mais c'est celui imbibé de vin. Je recherche le reste de mes vêtements. Je retrouve tous sauf le haut qu'il m'avait prêté. Je lui demande où se trouve le haut qu'il voulait me prêter mais je remarque qu'il me regarde fixement. « Aide moi à retrouver le haut que tu m'as prêté! » Il ne bouge toujours pas. Il est nu sur son canapé, il ne semble pas gêné de la situation, il continu à me regarder, enfin à m'analyser de la tête au pied je dirais. Je remarque qu'il a de nouveau l'oeil qui pétille comme s'il avait une idée en tête. Il sort de son dos le fameux haut et me dit « c'est ça que tu cherches? »

« Oui ! Pourquoi tu ne me l'a pas donné tout de suite? »

« Je profitais de la vue, pourquoi ? » il sourit et me tends le vêtement. J'essaye de le prendre mais il ne veut toujours pas que je le récupère. Il m'attrape le bras et me tire contre lui. Il m'enlace contre lui. Il est bouillant, son coeur bat vite. Il me plaque contre le canapé. Il m'embrasse le cou puis la clavicule en descendant sur mon pectorau puis mon ventre et enfin mon nombril. Il s'arrête remarquant que cela ne me laissait pas indifférent. Je compris dans son regard qu'il n'allait pas s'arrêter là. Il pose ses lèvres sur ma hanche gauche. Je frémis, mon corps tremble, un frisson me parcours tout le corps. Je ne peux plus rien faire. Je perds le contrôle. Au même moment son interphone sonne. Il leva brusquement le visage surpris et en même temps inquiet. Il se releva et alla décrocher à toute vitesse comme si cela n'était pas normal. Il décroche, répond à son interlocuteur mais je n'arrive pas à entendre ce qu'il raconte. Il raccroche et se rhabille très vite. Il m'envoie le haut qu'il avait monopolisé. « Rhabille toi vite ! »me dit-il d'un ton sec. Son visage a changé, il est tous d'un coup fermé, son regard n'est pas comme tout à l'heure. Qui arrive ? Je remis mon haut, à cet instant la sonnette retentis. Il va ouvrir. « Qu'est ce que tu veux ? » D'une voix sèche et monocorde.

Il claque la porte à cette fameuse personne qui est restée dans le couloir. Il revient me voir. S'excusa de cette interruption imprévue.

« *La personne qui*
est passé hier soir

... »

La soirée s'était déroulée normalement après le départ de cet inconnu. Bruno n'était plus du tout pareil après avoir discuté avec. Nous avons dîné ensemble et je suis rentré chez moi peu de temps après la fin du repas comme s'il ne voulait pas que je reste. Il était resté très pensif pendant le repas, j'avais même la sensation d'être inexistant tellement il était plongé dans ces pensées.

Qui était cette personne ? Pourquoi a-t-il réagi comme ça ?

Je n'ose pas lui en parler de peur qu'il se braque. Je le ferais s'il m'en parle, ça ne sert à rien de précipiter les choses.

Le lendemain je retournais au travail, la journée se déroula sans particularité. Je m'adaptais bizarrement rapidement au service et à son organisation. Je n'ai pas vu Bruno de la journée, je n'ai pas demandé s'il était là pour ne pas éveiller les soupçons.

18h00 arriva à grand pas, je me préparais pour partir et au même moment je reçois un message de Bruno.

« Désolé pour mon comportement d'hier soir, un passage imprévu d'une personne que je ne voulais plus voir. » Je ne sais pas quoi répondre. Il enchaîne avec « Tu es sur le départ au vue de l'heure, attend moi près de ton bureau, j'arrive ».

Je le vois arriver au bout du couloir, au moment où il m'aperçut il accéléra son pas comme s'il voulait arrivé au plus vite à mes côtés. Arrivé à ma hauteur, il me demanda s'il y avait mon collègue dans le bureau, je lui répondit qu'il était déjà partir depuis plus de 30 minutes. Il me pris les clefs des mains et ouvrit mon bureau. Nous nous y engouffrons à toute vitesse. Il ferme la porte et se jette dans mes bras comme s'il avait attendu ce moment depuis mon départ d'hier soir.

« Qu'est-ce qui ne va pas ? Je te trouve changé depuis qu'on a sonné chez toi ». Il relève la tête de mon coup, m'embrasse, fait un pas de recul, pris une grande inspiration.

« La personne qui est passé hier soir … » il reprit une grande inspiration, ces yeux étaient rempli de larmes. Je le pris dans mes bras, essayant tant bien que mal de le réconforter, mais en vain.

« *Voilà tu sais les grandes lignes* »

Il relève sa tête de mon coup, recule d'un pas et me regarde fixement. « La personne d'hier soir c'était mon ex. » Les bras m'en tombent, je ne m'attendais pas à cette annonce. Après quelques secondes de réflexion cela me semble logique, son comportement après l'avoir vu, sa distance lors du repas et son humeur triste. Que lui est-il arrivé ? J'aimerais bien savoir pour mieux le connaître et le comprendre. Je ne vais pas insisté pour avoir plus d'information, il m'expliquera quand il sera prêt et pas avant. Cela ne sert à rien de le forcer. Bruno m'observait pendant ma courte réflexion, il pose une main sur mon épaule et me prend dans ces bras. Il ajoute « Je vais t'expliquer brièvement les choses et après on n'en parlera plus jamais. Tu veux bien ? » « Comme tu veux, je ne te force pas à m'expliquer ».

Il se concentra et pris une grand inspiration en allant s'installer sur un fauteuil dans mon bureau.

« Nous avons vécu ensemble pendant près de 6 ans, nous nous sommes connu par un ami en commun. Nous nous sommes apprécié au départ et après tout s'est fait rapidement. Après 1 ans de relation nous avons emménagé ensemble, la 3ème année nous avons pris un chien et la 5ème nous nous sommes fiancés. Mais l'idylle n'a pas durée très longtemps après nos fiançailles. Il était devenu de plus en plus bizarre, il rentrait tard, avait des « insomnies », il se couchait après moi, avait des « réunions de travail » qui finissaient de plus en plus tard voire même il ne rentrait pas chez « nous ». Plus les jours passaient plus je me posais des questions. Un jour, j'ai découvert un téléphone que je ne connaissais pas sur la table basse, je le pris et voulu savoir à qui il appartenait, je l'ai allumé et je suis tombé sur une photo de lui qui embrassait une autre personne en fond d'écran. Ça m'avait rendu fou, j'étais brisé. J'avais décidé de fouiller dans ce téléphone et les découvertes allaient de surprise en surprise. Il s'était créé une seconde vie, au vu des messages qu'il avait dans ce téléphone cela avait commencé bien avant nos fiançailles. J'ai pris mon courage à deux mains et j'ai appelé cette autre personne. Je lui ai tout raconté, nos fiançailles, notre relation … Il n'en revenait pas non plus. Nous avons décidés de nous rencontrer et d'en discuter. Il avait mis un peu de temps avant d'accepter. Nous nous sommes vu et nous avons décidé de le confronter à sa supercherie. Le jour où nous avons mis ça en place il n'en revenait pas. Il a finit à la rue avec toute ses affaires, son chien car je n'en voulais pas, et seul sans personne. Voilà tu sais les grandes lignes concernant ce connard »

Je n'en revenais pas, je ne m'attendais pas à ce genre de déclaration. Je mis un temps avant de réaliser. Je n'en demandais pas autant, j'avais la sensation que cela lui avait fait du bien de m'en parler, comme s'il avait eu ce poids sur les épaules tout ce temps sans pouvoir en parler à qui que ce soit. Ma seule réaction a été de le prendre dans mes bras et de le serrer tellement fort pour lui montrer qu'il n'est pas seul maintenant. Il sanglota dans mes bras puis m'embrassa.

Une fois notre « entretien » terminé il est retourné à ses occupations et je suis rentré chez moi.

« *Tu la pose cette*

bouteille !! »

Cela fait maintenant 6 mois que nous sommes en couple, tout ce passe à merveille. Nous avons de la chance car personne ne nous remarques au travail, il faut dire que nous sommes discret et, étant des personnes très sociable, nous nous sommes rapprochés de manière totalement ouverte mais sans éveiller le moindre soupçon. La plupart du personnel pense que c'est une amitié entre collègue qui c'est créée tout au long des heures passées ensemble, comme toute amitié qui peut se produire au travail tout ce qu'il y a de plus banal. Nous sommes tellement chanceux de cette situation, certes nous sommes frustré de ne pas avoir de contact physique durant le travail mais nous savons tous les deux que le soir nous nous retrouvons.

Aujourd'hui, je le sens un peu différent que d'habitude. Au réveil tout allait bien, nous avons pris notre douche, notre petit déjeuner ensemble comme depuis plusieurs semaines. Nous sommes parti en décalé au travail pour éviter les soupçons. La matinée se déroule comme d'habitude, je le croise au staff du matin mais il n'a pas le même regard. Nous allons déjeuner ensemble, enfin avec une bonne partie de l'équipe médicale et administrative. Durant le repas il ne s'installe pas devant moi comme à son habitude mais à mon opposé. Je n'y prête pas attention pendant le repas, je discute avec les autres médecins et collègues pour me changer les idées. Nous repartons du self mais Bruno n'est pas avec nous, je ne le vois plus. A quel moment est-il parti ? Il ne m'a même pas envoyé un petit regard ou message pour me prévenir. Je continu ma journée de travail, sans avoir la tête au travail car mes pensées sont occupées par le comportement étrange de Bruno depuis le début de la journée. La journée passe très vite, je me rends compte qu'à 18h je n'ai eu aucun message de Bruno me proposant de faire une pause et de le rejoindre dans son bureau ou sur la terrasse du service. Je range mes affaires en espérant toujours avoir un message de lui me demandant de l'attendre, mais toujours rien. J'arrive à la sortie du service, je le vois au loin, il m'a vu, il continu son chemin vers moi. Enfin il m'a vu, il s'approche de moi, arrive à mon niveau et me dit tout simplement « Rentre bien ». Je m'arrête net, « rentre bien !! » C'est tout ce qu'il me dit. Il continu sa route et j'entends très légèrement « A ce soir », je tourne la tête, je le vois me sourire avec un clin d'oeil. Je suis rassuré. Pourquoi s'est-il comporté comme cela toute la journée ?

Je rentre chez nous. Je range un peu notre appartement le temps qu'il arrive. J'ai acheté de quoi lui faire un bon repas ce soir. Je prépare tout ce qu'il me faut pour lui faire la cuisine, je laisse la cuisson à feu doux et continu le reste de la cuisine. Je reçois un message de sa part m'informant qu'il part seulement de l'hôpital et qu'il fait vite pour me rejoindre. Je suppose qu'un patient s'est dégradé lors de son départ et qu'il a dû rester pour le stabiliser, enfin j'aurais plus d'information à son retour. Je vérifie que tout est prêt pour l'apéritif (bouteille au frais, petits amuses bouche à portée de main, lumière tamisée, bougies allumées …). Je vais me changer pour être plus présentable. Bon timing pour moi, au moment où je sors de la chambre il passe le pas de la porte. Il est surpris par l'ambiance de l'appartement, il regarde au tour, me regarde perplexe. « On fête quelque chose ? », je rigole et lui répond que non, j'avais seulement envie de lui faire plaisir. Il sourit et me saute dessus pour m'embrasser amoureusement et langoureusement. Il se dirige vers la salle de bain pour se laver, ce qui me permet ainsi de finaliser certaines choses avant son retour.

Il revient quelques minutes plus tard, je lui propose de s'installer dans le canapé. Je lui sers un verre de vin avec les petits fours. Nous discutons mais le voilà à refaire sa tête étrange. « Qu'est-ce qu'il y a ? Pourquoi tu fais cette tête ? » « Non rien, je réalise que j'ai de la chance de t'avoir, c'est tout ». Il sourit, je le regarde surpris par sa réponse. Nous continuons notre soirée en amoureux. Tout se passe merveilleusement bien. Il me raconte le motif de son retard. J'avais raison, il avait donc décidé de rester un peu plus afin d'aider ses collègues. Il s'excusa pour ça. Je lui explique que cela ne me dérange pas, c'est l'inconvénient d'être en couple avec un réanimateur. Le repas pris fin. Je débarrasse la table tout en laissant nos verres encore pleins mais avec une bouteille de vin vide. « j'en ouvre une seconde ? » Il hoche la tête avec un regard malicieux. Je comprends ce que cela signifie.

J'ai à peine eu le temps de sortir la bouteille de la cave à vin qu'il est devant moi prêt à me bondir dessus. Il regarde fixement la bouteille dans ma main. Il attend le moment où je la pose pour bondir, comme un léopard et sa gazelle. Je me force à la déposer de plus en plus lentement pour le faire languir. Je le vois à travers son comportement, il ne tient plus, il ne veut qu'une seul chose, MOI. Je le sais, je le fais jouer, s'impatienter, j'adore le savoir comme cela.

- Tu la pose cette bouteille !! J'en peux plus!! », je souris et lui dis :

- Sinon quoi ? »

- Tu es sûr de toi

- Oui ! »

En quelques secondes la bouteille était posée de force par Bruno et moi sur son dos en direction de la chambre. J'essayais de me « débattre » mais sans grande conviction. Il me posa plus ou moins délicatement sur le lit puis me sauta au cou.

Confession sur l'oreiller

On a tous vécu ce moment où après le coït notre moitié nous laisse comprendre qu'il veut nous dire quelque chose qu'il n'aurait pas dit à un autre moment. On le ressent, on l'appréhenderait presque. La peur de l'inconnu. Est-ce quelque chose qu'il pourrait regretter une fois l'endorphine, la dopamine, la sérotonine et j'en passe n'agiraient plus? Le temps parait si long. Pourquoi veut-il gâcher ce moment ? Ne peut-il pas profiter de l'instant présent, de ce moment parfait et merveilleux ? Tant de questions qui nous viennent en tête malgré le peu de sang présent. On se sent tellement bien, détendu et heureux.

Je l'observe du coin de l'oeil, ce dernier m'observes également. Je peux déceler dans son regard une forme d'inquiétude mais aussi de plaisir. Je remarque encore du désir dans son regard, il a le regard lubrique. Veut-il remettre le couvert ? Ai-je été assez performant ?

Il me dépose un baiser doux et chaleureux à la fois sur ma joue puis ma bouche pour se rallonger par la suite de son côté.

Les minutes passent et il n'a toujours rien dit. « Dit ce que tu veux me dire je n'en peux plus ». Cette phrase résonne dans ma tête dans ce moment de calme au sein de la chambre conjugale.

Il s'assoie au bord du lit. Je peux l'observer dans la pénombre. Je distingue ses formes mises en valeur avec la lumière tamisée. Je me dis que cette personne est magnifique, qu'elle me plait, que je pourrais passer le reste de ma vie avec lui. Je tends ma main afin de le caresser tout en suivant les courbes de son corps. Je ne peux pas, je n'ai plus de force. Ces performances m'ont vidé de mes forces. Je ne peux que l'observer et attendre que mes forces vitales me reviennent.

Morphée se fait sentir. Il glisse ces bras tout au tour de moi, je me débats sans grande conviction. Il est chaud, confortable, agréable, doux. Il faut lutter, je ne sais toujours pas ce qu'il voulait me dire. Je rassemble toute mes forces pour essaye de lui faire comprendre que je suis toujours éveillé. Je tends ma mains pour caresser le bas de son dos. Il se retourne et me regarde fixement. Je peux observer qu'il a les yeux brillants, comme s'il voulait ou avait déjà pleuré.

Je sens l'inquiétude monter en moi. « Ça vas? », il hoche la tête pour me dire non. L'inquiétude m'envahit de nouveau. La fatigue et Morphée sont parties aussi vite qu'elles étaient arrivées.

D'une voix douce et réconfortante je lui dis « Explique moi ce qu'il ne vas pas ».

Il se retourne pour me faire correctement face, se racle la gorge tout en me regardant fixement. Je remarque que son visage a changé. Ces traits ne sont pas comme d'habitude. Il a l'air beaucoup plus sérieux. Que veut-il me dire? Est-ce si grave que cela?

Je me redresse en imaginant le pire des scénarios. Je tends ma main vers l'interrupteur de la lampe de chevet mais ce dernier m'arrête, comme s'il ne voulait pas que je le vois distinctement. Je le regarde avec stupéfaction et questionnement. Pourquoi ne veut-il pas ? Qu'a-t-il à cacher ?

Une fois réinstallé , il se met à côté de moi sans dire un mot. Il m'invite à me blottir contre lui, il passe son bras derrière ma tête. Malgré la situation, l'espace d'un instant je me sens bien. Mon oreille est collée contre son torse. J'entends son coeur s'emballer, il ne bat pas calmement. Est-il stressé ? Mais pourquoi ? Nous avons passé un si bon moment, que veut-il me dire de si important ?

Il se racle une nouvelle fois la gorge, cela me sors de mon moment de réflexion. Je suis accroché à ses lèvres pour capter le moindre mot qu'il dira.

Sa bouche s'ouvre tout doucement et un son sort de celle-ci : « Tu sais cela fait plusieurs mois que nous sommes ensemble… » J'hoche la tête machinalement. « …je ne sais pas comment te dire ça … » puis il s'arrête. Il me regarde fixement les yeux dans les yeux pour reprendre son discours quelques secondes plus tard. « J'ai réalisé que je … ».

Sommaire

Image : ARZON (56), FRANCE.

Édition : BoD – Books on Demand
12/14 rond-point des Champs-Élysées, 75008 Paris
Impression : BoD - Books on Demand, Norderstedt, Allemagne

ISBN: 9782322038299
Dépôt Légal: Mai 2019